Cóisir sa Choill

Eithne Ní Ghallchobhair & Olivia Golden

Dhúisigh Laoise Luchóg go luath ar maidin.
Léim sí amach as a leaba bheag teolaí. Bhí sí ar bís!
A breithlá a bhí ann - bhí sí cúig bliana d'aois inniu.

'Beidh cóisír tí agam anseo i mo pholl beag féin sa chrann,'
arsa sise léi féin.

Ansin, shuigh sí síos agus sheol sí téacs ar an bpointe boise
chuig a cairde go léir sa choill.

Csr mo ha n8. B n! L.L.

Thosaigh Laoise ag obair.

'Tá go leor, leor le déanamh agam inniu,' ar sise agus í ag timireacht thart.

'Ní bheidh mé ábalta é uilig a dhéanamh liom féin. Beidh cuidiú uaim.'

Chuir sí glaoch ar an bhfrancach.

Gluing gluing! Gluing gluing!

'Haló?'

'Haigh! Caidé mar atá tú? Laoise Luchóg anseo. An gcuideoidh tú liom mo theach beag a ghlanadh? Beidh cóisír ann anocht.'

'Ó, cinnte dearfach!' a d'fhreagair an francach. 'Bainfidh mé sult as!'

Níorbh fhada gur *phléasc* an francach tríd an bpoll sa chrann.
'*Uuuuuccccch*!' ar seisean agus é ag cuimilt a chóta.
'Mo leithscéal faoin dochar, a chara. Tá an poll seo beag bídeach.'
'Bhuel,' arsa Laoise go brónach, 'nach cuma? Níl aon neart air anois!'

Thosaigh siad ar an obair agus ghlan siad an poll ó bhun go barr.
I gceann uair a' chloig bhí an áit deas glan.

Ansin, réitigh siad bia de gach cineál – bog agus crua, fuar agus te –
dá gcairde go léir.

Ag a seacht a chlog thosaigh na cuairteoirí ag teacht.
Bhí idir éisc, ainmhithe agus éin na spéire ann.
Seoladh cuireadh chuig na sluaite!

Nach deas an rud é cóisir a bheith ar siúl.

Tháinig na héisc le chéile i mbabhla gorm: an scadán, an ronnach,
an breac 's an bradán, an diúilicín, an portán, an cloicheán agus an plobán.
Bhí siad ag snámh agus ag lapadáil thart san uisce.
D'amharc siad chomh deas sin gur shíl an rón gur mhaith leis ceann a ithe
ACH... níor ith...

Bhí Fiachra Frog ina shuí ar dhuilleog i lár an locha nuair a tháinig an cuireadh.

Bhí sé ag ligint a scíth, mar is gnáth dó.

'Céard é seo, meas tú?' arsa seisean le hosna mhór.

'ÓÓÓÓÓÓoooooough..!'

Léigh sé an nóta beag bándearg agus léim sé in airde de *phreab!*

'Cóisír! Bhahúúúúúú!' a scread sé agus chuir sé air a bhróga damhsa.

Thaitin an damhsa go *mór* le Fiachra Frog.

As go brách leis!

Bhuail Brídín agus Brian Broc isteach chuig an gcóisír.
Bhí siad beirt lán le geab.
'Blubelelelelelleub!' arsa siadsan d'aonghuth.
'Blubeleubelubelub!'
Ansin, bhí siad spionta.
Shuigh siad síos in aice lena gcomharsana ag ithe na béile.

Siúd isteach leis na dreancaidí. Thug Síle sonc do Bhrian.
'Do bharúil, a Bhriain,' arsa Síle, 'cé hiad na strainséirí?'
'Ó, níl a fhios agam,' a d'fhreagair Brian. 'Cuir ceist orthu.'
Suas le Síle chuig na dreancaidí:
'*Blubelelelelelleub*?'

Bhí an banna ceoil ar fheabhas. Bhí fidleacha, giotáir, piano, dord agus bodhrán acu. Chuir siad na hainmhithe ag rince ar cosa in airde; bhí siad go léir súgach i measc a gcairde.

Amharc ar Fhiachra Frog!
'Tar amach ag damhsa liom,' a scairt Micín Muc ar Shíle.
Bhí a lámha agus a chosa ag imeacht ar luas lasrach agus bhí drogall ar Shíle.
'Hmmmm, níl mé róchinnte faoin gceann seo, a Mhicín,
ach bainfidh mé triail as!'
Bhí an banna ceol ag seinm *tangó*!

Tharraing Cáitlín Cat Fred Fia amach ar an urlár.
Bhí cáil ar an gcat go raibh sí misniúil, bródúil, confach ach spraoiúil.
Bhí croí Fred ina bhéal – a leithéid d'fhlústar!
Rinne sé a sheacht ndícheall an rithim a choinneáil ach bhí sé seo deacair!
Shleamhnaigh Cáitlín trasna an urláir, í faoi lán seoil.
Bhí sí ag amharc go hiontach ar fad lena gúna síoda agus péire nua bróg.
Thosaigh Fred ag brionglóidí.

'ÚÚÚ, Fred! Tabhair aire, le do thoil!'

Fred bocht!

Bhí Gráinne Gráinneog ag bogadaí thart sa pholl agus í breá sásta léi féin. Chaith sí dhá uair a chloig ar maidin ag cóiriú a cuid spící go léir agus d'inis na hainmhithe uilig di go raibh sí ag amharc go hálainn. Chonaic sí cairde nach bhfaca sí le fada: an capall, an t-asal, an chaora, an bhó, an sliogán, an coinín. Bhí chuile rud beo ag an gcóisír!

'Nach deas é!' arsa Gráinne. 'Sílim go mbeidh cóisír agam ar mo bhreithlá féin!'

Nuair a bhí na hainmhithe istigh sa halla ag damhsa cé a tháinig isteach ach Diarmaid an Damhán alla.

'Nach fada an lá ó chonaic muid tú, a bhuachaill!' arsa Fred Fia.

Níor thug Diarmaid aird ar bith air. Chuala sé an ceol agus as go brách leis.

Thosaigh sé ag rince lena *ocht* gcos.

'*Scitildíaí*!' a scairt sé. '*Scitildíaí*!'

Ar feadh deich nóiméad níor ghlac sé sos!

Ansin luigh sé ar an urlár maol marbh.

'Tá mé tuirseach traochta,' arsa seisean agus dhruid sé a shúile.

'ZZZzzzzzz..!'

Lean Fiachra Frog ag pocléimnigh leis – aniar agus siar, anonn agus anall.
Bhí an ceol ag dul ar nós na gaoithe agus thapaigh Fiachra an deis.
Ní gach lá a bheadh cóisír ar siúl sa choill, bíodh a fhios agat.
Lean sé leis ag luascadh, ag lúbadh agus ag rince.

Thaitin an damhsa go mór leis; bhí sé lán de bhrí.
'Is *breá* liom a bheith ag *pocléimnigh*!' a scairt sé.
POCLÉIM!

Thosaigh na héin ag canadh go binn: an smólach, an spideog,
an londubh agus an fháinleog.
Lean siad leo agus cheol siad óna gcroithe istigh!
'Tútútútú!'
'Lúlólálí!'

Ní raibh aon stad leis an spraoi!

D'eitil Caoimhín Cuileog aníos ón spéir go tobann agus thuirling sé anuas ar thortóigín féir. Lig sé scread as:
'Ruaille buaille, callán is *raic*!
Nach IONTACH an *chreaic*...mar sin féin, a chairde!'

Thosaigh an broc ag damhsa leis an madra rua.
Smaoinigh!
Bhí an cat agus an luch ag súgradh le chéile agus
bhí na héisc ag snámh thart leis an gceol.
Bhí an chearc agus an coileach, an gandal agus an ghé ag clabaireacht
leo sa choirnéal.
'Diúcdiúc! Diúcdiúc!'

Lean na hainmhithe orthu ag baint suilt as an gcóisír
go deireadh an lae, iad go léir faoi shuaimhneas agus faoi shó.

Ach ar deireadh thiar, thit an dorchadas agus siúd isteach le ceo na hoíche.
Bhuail tuirse na hainmhithe agus réitigh siad le dul abhaile ceann ar cheann.

Bhí oíche ghalánta i ndiaidh a bheith acu.
Ghabh siad buíochas ó chroí le Laoise Luchóg agus iad ag imeacht.
'Beidh muid ar ais an bhliain seo chugainn!' a scairt siad.
'Beidh mile fáilte romhaibh!' a d'fhreagair Laoise agus í ag méanfach.

Bhailigh na hainmhithe leo chuig a mbailte féin istigh sa choill agus níorbh fhada gur thit tost ar an oíche de réir mar a thit siad uilig ina gcodladh.
Chas Laoise as a fón póca agus luigh sí siar go sona sásta!!!
ZZZzzz..!

Foilsithe ag Cló Mhaigh Eo,
Clár Chlainne Mhuiris,
Co. Mhaigh Eo,
Éire.
www.leabhar.com
094-9371744

ISBN: 978-1-899922-38-3

Dearadh: raydes@iol.ie
Clóbhuailte in Éirinn ag Clódóirí Lurgan Teo.

Faigheann Cló Mhaigh Eo cabhair ó Bhord na Leabhar Gaeilge.

Bord na
Leabhar
Gaeilge